KB075313

미나리아재비

미나리아재비

박경희 시집

창비

차
례

제1부

제2부

제3부

제4부

제 1 부

깨진 바다

*

섬 그늘을 치던 파도를 타고
파래밭 미역밭을 지나왔다
그물이 물바람에 흔들렸다
연탄불에 손 비비며 콧물 훔치다가
시린 겨울 같은 잇몸을 드러낸
대성호 선장의 아내
주름 사이에 찬 바람이 앉아 있다
머리까지 두른 머플러가 대성호의 깃발처럼 흔들린다

**

바다가 와장창 깨졌다고
혼자 시위하던 대성호 선장이 뒤로 넘어갔다
멀쩡한 바다에 오염수를 뿌린다고
성질을 바락바락 부리다가 던진 리모컨에 깨진 TV
용왕님께 제(祭)를 지내도 고기가 잘 들지 않는데
너른 바다 푸른 물결을 엉망진창으로 만든다고

가슴 쥐며 넘어간 날

선장의 아내는

배 밑에 붙은 따개비를 떼어내고 있었다

그 좋아하던 물잠뱅잇국에 소주 한잔 마시지 못하고

바닷길 건너 저승 간 선장의 배는

깨진 TV 속에서 흔들렸다

물잠뱅이

바지랑대 긴 빨랫줄에 매달았다
달빛 끌어모아 말리고
바람 끌어모아 말리고

꾸덕꾸덕 마른 물잠뱅이를 얇게 포를 떠 지짐이를 한다
어슷 썬 붉은 고추는 덤이다

쌀뜨물에 신 김치 쫑쫑 썰어 넣고
손가락 한 마디만 한 쇠고기를 넣은 다음
물잠뱅이, 물미거지, 물메기, 물텀벙이, 물곰, 꼼치
마치 바다를 불러 모으듯
허우적대는 마음을 넣고 바글바글 끓인다

산 넘어가던 해가 침을 삼키고
노을이 환하게 번질 무렵
계란을 풀어 휘젓는다

바다 노을을 끓여 만든,
죽은 사람도 문지방을 건너와 밥상머리에

먼저 앉아 기다린다는 물잠뱅잇국

내 걱정은 말고 너나 아프지 말아라,
밤새 손등을 어루만지는 물잠뱅잇국
소주잔 기울이다가 눈물 빠져
더 짠 물잠뱅잇국

겨울 저녁

앞산 뒷산 하얗게 눈 내리는 저녁
굴밥을 한다 쌀 한줌 씻어 안치고 뒷집 할아버지 봉분 위
에 내린 눈처럼 포슬포슬 뜸이 들면

그 위에 굴을 얹는다

잠깐 밖으로 눈을 돌리면 영진이네 개가 발 시리게 뛰어
다니고 바닷물 먹은 굴과 밥을 살짝 허쳐 흰 눈과 섞는다

달래장 만들어 밥상 위에 놓고 언 장독대 살얼음 낀 동치
미를 꺼내 다 된 굴밥과 함께 대접에 떠서 놓으니, 저녁이 엄
니보다 먼저 비집고 들어앉는다

휘어진 놋수저로 쓱쓱 비빈 굴밥 엄니 입으로 들어가면
서둘러 온 저녁도 한껏 입에 넣는다 그러고는 볼 안 가득 달
을 올리다가 엄니보다 먼저 수저를 놓고는

잘 먹었다, 배 두드리며 내일도 오마, 한다
눈발이 달을 가리는 하얀 저녁이다

봄을 드시다

할머니 세분이 정자에 앉아 막걸리를 드신다
팽나무 그림자도 드시고
찔레꽃 향기도 드시고
써레질 끝난 논바닥 찰랑거림도 드신다
읍내 가다가 거나하게 취하신 세분 보고 피해 가려는데
엄나무집 할머니 손짓이 내 눈보다 빠르게 불렀다
엄니 허리 수술한 건 어찌 됐느냐고
군청 다니는 조카 있는데 만나보라고
오십 넘어 결혼하는 사람도 많다고
젊으니께 엄니 속 썩이지 말라고
내리쬐는 햇볕까지 끌어모아 불콰하게 만드는데
갑자기 손을 펴란다
두 손 쫙 펴니 생과자 한가득 쏟아주며
이거 먹고 생각해보란다
막걸리가 딸꾹딸꾹 햇살을 먹고 있다

산이 사라졌다

무릎 수술로 한 계절 병원 신세 지고 온
석남이네 할머니
산이 있던 자리 멍하니 보고 있다
가만히 앉아 있던
산이 사라졌다
여주댁 이사 가고 산 팔았다더니
그새 사라지고 없다
골프장이 들어선다는 얘기를 귓등으로 들었다
고사리 끊으러 다녔던
산이 사라졌다
산벚나무가 유난히 많던 산이
호랑지빠귀가 울던 산이
기둥에 걸어놓은 거울 속
산이 사라졌다
당신도 곧 사라질 것처럼 여러날째
빈 하늘만 보고 있다

아카시아꽃 피는 밤

개가 운다 밤마다 코로 밥그릇을 밀며
두달 키운 새끼 다른 집으로 보낸 날부터 운다
쇠고깃국을 끓여줘도
삼겹살을 구워줘도
생선을 구워줘도
파리만 왔다 간다
박새가 밥풀을 물고 간다
뒤꼍 아카시아꽃 향기 속을 바람이 지나간다
꼼짝 않고 종일 엎드려 있는 개는 단식투쟁 중이다
깎을 머리카락도 없는데 자꾸 머리를 디민다
디밀 때마다 아카시아꽃 향기가 난다
먹은 것도 없는데 나만 보면 보란 듯이 오줌을 싼다
개가 운다 깊은 수렁에 빠진 소리로
시끄럽다고 소리 지르면 잠시 조용하다가 다시 운다
내리 사흘을 울더니 체념한 듯 물부터 먹는다
단식을 끝낸 개를 물끄러미 바라본다
아카시아나무도 항복이라는 듯 흰 꽃을 밥그릇에 던진다
아카시아꽃이 피고 지다가
다시 피고 있다

꿈자리

    잠자리를 서쪽에 두던 엄니가 꿈이 시끄럽다고 동쪽으로
돌렸다

    마루에 앉아 머윗대 껍질을 벗기면서
    저승 갔으면 그쪽 세상에서 잘 살 일이지 이승은 왜 들락
거리느냐고
    보이지도 않는 분 타박이다
    살았을 적에 그리 모질게 마음고생시키더니
    무슨 할 말이 있어서 이승 문턱을 넘느냐고 사발째 욕을
퍼붓는데
    옆에 있던 내가 슬금슬금 자리를 비키니
    개가 이러지도 저러지도 못하고
    제집만 들락거렸다
    이승 일에 저승 사람이 끼면 될 일도 안 된다고
    소금 한줌 뿌렸다

그렇게라도 짖어보는 것이다

매산리 산 중턱에 빈집을 지키는 개 한마리
목줄에 매여 있다 머리 젖은 개가
무너진 마루 밑에
엎드려 있다

툇마루 삭아 귀퉁이마다 내려앉았고
가르랑거리던 안방 바람벽은
흙 털린 지 오래

사그랑이 된 바구니는 굴러다니고 기스락물이 깍짓동에
떨어진다
잔잔해진 바람을 등지고
노루잠 자던 개가 눈을 뜬다

밥그릇에 고인 물이 바람에 쏠려 가는 것이 쓸쓸해서
개는 그렇게라도
짖어보는 것이다

읊는 소리

농약 비료 안 뿌리고 똥거름으로 밭농사를 지으면 월급을 주고
땅이 더 거름질수록 해 월급, 달 월급, 별 월급을 준다면
사람들은 농사를 지을까?

어림도 읊는 소리

써레질 끝난 논바닥을 환하게 바라보는 농부의 눈동자 속
소금쟁이와 개구리 울음소리가 출렁이고
땅 한평에 먹고살 수 있을 정도의 상추, 가지, 고추, 쑥갓,
토마토, 오이를 심어 이웃과 나눠 먹을 수 있다면
서로를 귀하게 여긴 밥상 위에
살구꽃잎이 먼저 든다면 사람들은 농사를 지을까?

어림 반푼어치도 읊는 소리

온 세상 귀퉁이를 반딧불로 비춘다면, 반짝이는 숨죽임에
바람의 춤을 춘다면
사람들은 농사를 지을까?

쓰잘데기읎는 소리

곰팡이 핀 벽,
바랜 3월 농사 달력에 삐뚤삐뚤 쓴 글자가 밭두둑처럼
길다

*구신 씻나락 까묵는 소리 고만허고 나와서 밭에 돼지똥거
름이나 뿌리라고!*

첫발

늦가을 볕을 엎어가며 들깨 벨 때
당신은 뒷짐 지고 바라보다가 내 손에서 낫을 빼앗았다
들깨밭이 어느 구석에 있었는지 아느냐고
네 발소리 기억이나 하겠느냐고
잎 놓은 감나무처럼 버석거렸다

들깻잎 그림자 근처도 얼씬거리지 않더니
성큼 안으로 든다며 깨알 같은 성질을 쏟아냈다
발걸음도 한결같아야 한다며
좌르르 쏟아지던 깨알
그래도 어슷하게 잘린 들깨 심에 다치지나 않을까
밭머리에 서 있게 했던 당신

쓰쓰가무시병에 걸려 호흡기 달고 저승 밭 서성이다 오신
다음이었다
이승으로 돌아와 내딛던
첫발이 흙 묻는 발이었다

오소

나가 구십 하고도 거시기 두살인가 세살인가 헌디도 까막눈 아녀, 젓가락을 요로코롬 놔도 뭔 자인지 모른당께, 그냥 작대기여 헌디, 할멈이 서울에 있는 병원에 수술받는다고 병달이 놈 손 잡고 올라갔잖여, 병달이가 무신 일 있으믄 편지 쓰라고 봉투에다가 주소는 적어두고 갔는디, 나가 글씨가 뭔지 오치게 알어, 기냥 알았어,라고만 혔지, 그때는 산 넘어가야 전화가 있을랑 말랑 혔어 암만,

어찌어찌 보름이 지났는디 이 할멈이 오지를 않는거, 저짝에서 소쩍새가 소쩌럭 소쩌 소쩌 여러날 우는디 환장허겄데, 혼자 사는 노인네들은 어찌 사나 몰러, 그나저나 수술받다 죽었으믄 연락이라도 올 텐디 꿩 귀 먹은 소식이더라고,

병달이가 써준 봉투 생각이 나서 종이 꺼내놓고 뭐라 쓰야겠는디, 뭐라 쓰야 헐지 몰라서 고민허다가 에라 모르겄다, 허고는 소 다섯마리 그려 보냈당께, 근디 할멈이 용케 알아보고 열흘 만에 왔더만, 나가 글씨보단 그림에 소질이 있는 걸 그때 알았당께

파마

녹내장으로 눈이 안 보이는 참나무집 아줌마
벚꽃잎 하나 머리에 얹고
동네 미용실을 더듬거리며 오셨다

한국말 못하는 필리핀 며느리는
멀찌감치 떨어져 앉았다
내 그림자는 바닥에 내려앉아
떨어진 머리카락을 더듬거렸다

파마 다 하면 요양원으로 간다는 말에
미용실 아줌마는 허둥거리며 햇살을 자르고
옆에 앉은 나는 괜스레 쓸쓸해져서
거울 속으로 날아가는 직박구리로 찍찍거렸다

참나무집 아줌마가 요양원 그늘에 든다고
저녁 밥상에 던져놓았는데
천천히 내 말을 곱씹던 엄니
밥숟가락 놓고 든 화장실에서 우는 소리가
가는 빛으로 새어 나왔다

리어카에 실려 가는 노을

폐지 줍는 노인이 차에 치인 개를 리어카에 실었다

몸은 좀체 펴지지 않고 오그라진 그대로 번쩍 들렸다

리어카 바퀴는 비틀거리며 굴러갔다

노인의 등에 달라붙는 저녁노을이 리어카에 실려 갔다

폐사지를 걷다가

오래전 비구니가 되겠다며 법당에 앉아 합장했다 깜박이
는 전등이 부처님 말씀인 것처럼 머리 조아리다가 법당을
내려왔다 울리지 않는 범종이 귓가에 울렸고 스님 목탁 소
리에 으스름달이 떠올랐다

눈빛이 흔들리는 물빛이라,
흔들리고 싶은 대로 흔들려야 한다는 말에
절 마당 구석에 앉아 훌쩍이다가 문득,

빈 절간을 지키는 개 반달이의 느린 걸음이고 싶어졌고
슬쩍 날아와 털신의 털을 뽑아 가는 박새 부리이고 싶어졌
고 무너진 축대를 간신히 붙잡고 있는 목련나무를 스쳐 가
는 바람이고 싶어졌고 극락전 앞 뒹구는 매미 허물이고 싶
어졌다 바랜 단청 흐린 색으로 머물다 지워지고 싶었고 문
살 나간 창호지 구멍이고 싶었고 그늘도 없는 폐사지에 머
물다 간 구름이고 싶었다 요사채에서 병든 사내가 밟은 절
마당이고 싶었고 승복 말리는 빨랫줄이고 싶었다 그렇게 여
러달 서성이는 발자국으로

머리 긴 비구니가 되어 그늘 많은
도시로 돌아왔다

제 2 부

전화

나여, 암만혀도 이번에 병원 들어가믄 오래 걸릴 거 같어. 나가 살 만큼 살았다고 입 짧은 주둥이로 맨날 혔지만, 막상 들어가려니 맨 오줌만 나오네. 속이 타니께 전부 오줌으로 나오나벼. 접때 병철이 왔잖남. 지 아부지 본 지 오래됐다고 오겠다는디 오째 오지 말라고 하남. 니 몸이나 챙겨라, 하고 싶은디 그 말이 목구녕에 걸려서리 캑캑거리드라고. 병철이 몸에 역병이 든지 오치게 앓았겄어. 그놈도 모르고 왔는디. 나만 만나서 다행이지 넘 만났어 봐, 그 욕을 내 새끼가 다 묵을 거 아닌감. 그나저나 깨 빌 때 됐는디 나가 들어가서 지때 못 나오믄 자네가 좀 비줘. 어찌 됐든 살아서 나오려고 노력은 해볼 테니께 욕 좀 봐. 그려, 걱정 말고 깨나 좀 해결해 줘 봐. 나오믄 막걸리 살 테니께. 그려.

버스 타러 간다

보건소에서 버스가 온다고
백신 접종하라고 아침부터 스피커가 찍찍거린다
살려고 맞는 줄 알지만 죽는 소리가 먼저 들리니 꺼림직
하다며
가리실 할머니가 칡 잎사귀에 침을 뱉자
깜짝 놀란 햇살이 달아났다

지난밤 새끼들 등쌀에 맞아야 할지 말아야 할지 고민했
는데
방죽골 할머니가 맞는다는 소리에
얼떨결에 덜컥 신청했다
이제 죽으나 저제 죽으나 죽는 건 매한가지라고
맞고 죽어야 귀신이 돼서도
역병에 걸리지 않는다는 말에 마음이 쏠렸다

몇년 전 딸이 사준 새 옷 입고
얼굴에 분까지 바르고
아픈 허리 두드리며 버스 타러 간다
한숨을 던지며 간다

배롱꽃만 붉었다

나가 누구여. 한때는 말여 영농 후계자 아니었남. 저짝 논도 이짝 논도 죄다 내가 지어 먹던 땅 아녀. 헌디, 누나는 오디 갔남? 오디 갔는디 코빼기도 안 보이는겨.

왜? 접때 준 땅 다 팔아먹더니 돈 떨어진겨? 헐 말 읎으믄 주둥이 묶어불고 가만히나 있지, 식당 일 안 허고 여 와서 지랄허는겨.

식당에 파리가 집 짓고 산 지 여러날이여. 오라는 손님은 안 오고 월세 낼 날만 성큼 오는디…

뜨건 날 해 밟아 와서리 파리 타령이여. 헐 일 읎으믄 저 재 너머 하우스에서 고추 따는 일손 구허니께 거나 가봐. 며칠 나가믄 일주일은 먹고살겨. 느 누나는 이 뜨건 뙤약볕에 하우스 들어가서 고추 따다가 쓰러져 열병이 났는디도 하루만에 자리 털고 일어나 또 갔당께. 이차저차 산 입에 거미줄은 못 치니께 풀이라도 뜯어 먹어야 쓸 것 아닌감. 혀서, 시방 고추 따러 갔으니께 느도 여서 지랄허지 말고 거나 가봐. 아무리 내 속 떠봐야 호랑에서 십원짜리 한장 안 나오니께.

32

영길이 엄니 드리려고 백숙 들고 왔다 담장 밑에 앉아 있
었다 일장 연설의 오후에 배롱꽃만 붉었다

호들갑

밭에 나가 풀 뽑고 집에 드니
읍내 사는 딸이 다가와 이마를 짚었다
열이 난다고 누구 만난 적 있느냐며 얼른 마스크를 썼다
한데 앉아서 음귀 걱정한다더니*
땡볕에 온몸으로 밭을 기어서 열이 오른 것을
집 밖을 온종일 돌아다녀봐야
슬금슬금 걷는 도둑괭이와
울고 가는 새만 있을 뿐
사람 본 지 여러날인데, 혀끝을 차며
흘러가는 구름만 눈으로 붙잡았다

물 마시다가 사레들려 쿨럭대자 출장 가다가 잠깐
고향집에 들른 아들이 언제부터 기침했느냐고 다그쳤다
말도 안 나와 손사래를 쳤는데
오일이나 됐느냐고 왜 말을 안 했느냐며
지금 당장 보건소 가자고 호들갑이 난리를 쳤다
아들 생난리에 웃음이 나오는데 터진 눈물 콧물이 뒤범벅 돼서
이러지도 저러지도 못하고 손짓만 하는데

창밖에 해바라기가 멀뚱거리며 보고 있는 저녁이다

* 자기 일도 못 꾸려가면서 남을 걱정하는 경우.

동네 막내

마파람에 돼지 불알 놀듯 하는 강씨 아저씨 환갑이 넘어
도 비료 서너 포대 어깨에 짊어지고 산비탈밭 오르내리는
동네 막내 강씨 아저씨 한여름 땡볕에도 하우스에 들어가
고추 따고 산적 두목처럼 힘 빠진 동네 노인과 개를 화통 삶
아 먹은 목소리로 호령한다

이장이 마스크 좀 쓰라고 소리 지르면 귓구녁에 말뚝 박
아 소리가 들리지 않으니 보청기 사 와서 얘기하라고 침만
퉤, 뱉어내고 길도 곱게 못 지나가고 집집이 개 밥그릇을 차
고 다니는 통에 오줌 지린 개 여러마리

남의 집 영근 호박 몰래 따다가 오가리로 말려 처마 밑에
걸어놓고 모르쇠로 있다가 호박 주인 찾아와 한마디 하면
든버릇 개 못 준다고 오히려 열 마디 뱉어놓는 강씨 아저씨

내 건너 확진자 나왔다는 소리에 런닝구를 찢어 썼는지
꾀죄죄한 마스크를 쓰고 다니는 강씨 아저씨 발걸음 소리만
들려도 피해 다니는 개들도 이때다 싶어 이빨을 허옇게 드
러내 짖어대고 동네방네 소리가 팽나무 가지에 걸려 파닥거

리는데,

　가슴이 새가슴이라고 지 죽을 짓은 안 한다고 목소리만
컸지 속은 쭉정이라고 별 볼 일 없는 것이 날마다 지랄이라
고 강씨 아저씨 뒤통수에 주먹쑥떡을 날리는데 그러거나 말
거나 오늘도 발길 닿는 대로 다니는,
　참 뜨거운 여름 같은 아저씨

장대추위

개밥 주러 나왔다가 먼 산 보고
눈 희끗희끗 남아 있는 논바닥 보고
어느 바람결에 날아왔는지
끈 끊어진 마스크 주워 쓰레기통에 넣으며
한숨 두숨
아침 출근하는 아들한테 마스크 안 썼다고
역병 걸리면 어쩌느냐고 엄니만 걸리는 게 아니라고
내리 통박을 들은 창숙이 엄니
사람이라고는 종일 한두 사람만 보이는 곳에서
참새와 박새만 주거니 받거니
개 밥그릇만 왔다 갔다 하는 곳에서
마스크 쓰라는 말에
듣는 둥 마는 둥
팽, 하고 코 푸는 소리에
밥 먹던 개가 깜짝 놀라 오줌을 찔끔거리며 꼬리를 내렸다
된바람에 개 밥그릇이 굴러갔다

워쩌겄어

눈앞이 캄캄혔어 나가 확진자라는 말에 암것도 생각나는
것이 읎드라고 재차 진짜냐고 물었는디 보건소에선 진짜라
고 허드라고 역병이 들었다니 정신 줄 놓고 앉아 있다가 내
몸을 봤는디 오디에도 역병이 보이지를 않는거 헌디 그것이
들어 있댜 눈물이 앞을 가리는디 워쩌겄어 숟가락 같이 들
었던 식구들헌티 언능 검사하라고 혔지 나가 죄인이 된 거
같드라고 목구녕에서 소리가 걸려서리 캑캑거리고 미안허
다고 수십번은 헌 거 같구만 손꾸락 끝부터 발끝꺼정 찬찬
히 바라보는디 속에서 열불이 나서 환장허겄데 아무렇지도
않은디 오쩨 들었을까 생각허고 생각혀도 참말로 요상헌거
변한 건 읎는디 죄다 변한 거 같드라고 밤새 지장보살 찾다
가 저승 간 아부지헌티 식구들 지켜달라고 매달렸지 워쩌겄
어 매달릴 사램이 전부 다 이승에 읎는디 그저 무탈허게 지
나가길 바랄 뿐 뭐가 있간 에휴, 참말로 지랄맞은 시상이여

시린 겨울밤에 들다

솔가리 위로 싸라기눈이 쌓이고 싸라기눈 위에 또 눈이
쌓인다
골방 문 열고 긴 숨을 쉬다가 법당에 든 거마냥 서늘해지
는데
돌아보니,
먹이를 찾아 절에 든 고라니가 가만히 까만 눈으로 나를
바라봤다
저 눈빛이 서늘해서 몸을 움직이지 못했다
한동안 서로를 응시하다가 스님 기침 소리에 달빛을 등에
얹었다
달리는 찰나(刹那)의 바람이여
역병으로 골방에 든 지 여러날
눈 쌓인 푸서리에 찍힌 고라니 발자국 위에 내 발자국을
놓았다
뒤통수에 부딪치는 달빛을 더듬거리며 쓸어내리던,

너테

짐승이 밤마다 운다
소리도 제대로 못 내고
삭정이 부러지듯 뚝, 뚝 끊어지는
소리로 운다
눈발에 보이지 않는
고독사한 정남이 엄니 집을 눈으로 짚어보다가
고요가 주는 서글픔에 웅크리다가
저수지 갈라지는 소리에
울던 개가 집 안으로 들어간다
깜빡이던 백열등 불빛 사이로
눈이 날리고
빚구럭을 헤어나지 못한 채
먼저 저승 간 정남이의 혼을 끌어안은
정남이 엄니
깨진 수복(壽福) 대접만이
방바닥에 뒹구는
너테 위에 눈 쌓인
밤이 계속되고 있다

가르랑 소리에 묻히다

한동네서 사십년 넘게 같이 살았던
싸리나무집 아줌마가 정신을 놓았다

엄니가 내가 누군 줄 아느냐고
저승 간 아부지 이름까지 대며 물어도
엉뚱한 소리다

허방 가득한 세상 두드리며 간다지만
향나무 참새 소리 가득하지만

이건 아니지… 이건 아니지…

지팡이 두드리며 대문 찾아가는
싸리나무집 아줌마 뒷모습 바라보다가

돌담 사이에 핀 민들레 바라보다가
엄니의 뒷짐에 얹힌 서글픔에

앵두꽃이 피었는지

살구꽃이 피었는지

가르랑 소리에 묻힌 햇발이
등을 보듬었다

상강에 이르다

영준이 할아버지 군청 앞에 쌀가마니 풀어놓았다 입에 들
어가는 밥이 중요하다고, 농사짓는 사람들 죄다 어쩌란 말이
냐고 빈 하늘에 하소연하다가 쓰러져 돌아가셨다 잰걸음으
로 가도 저승길은 먼 길인데 장애 아들 두고 어찌 가셨을까

세상 돌아가는 꼬락서니 보기 싫다고 후다닥 놓은 생

쌀값 하락 뉴스를 보다가 먹던 숟가락 밥상 위에 내팽개
친 아부지 어느 누가 농사를 짓겠느냐며 우리 쌀 귀한 줄 모
른다고 푸념을 방바닥에 늘어놓는데, 영준이 할아버지 돌아
가셨다는 전화에 쪼그려 앉아 한참을 일어나지 못했다

콤바인 돌아간 자리에서 낟알 하나까지 주워 오고 밥알
하나까지 박박 긁어 먹게 했던, 살아생전 목돈 한번 쥔 적 없
는 손에는 늘 쭉정이만 가득했던 아부지의 빌려 쓴 논 한마
지기 사라진 지 오래다

진만이네 개

모과나무 밑에 앉아 참으로 나온 막걸리 받아놓고
잠시 자리 비운 사이 언제 왔는지 모를
진만이네 개가 막걸리를 다 먹어버렸다
목줄을 매어놔도 용케 풀고 밤마다
온 동네 개들을 들쑤시는 탓에 욕을 많이 먹는 개
짖지도 않고 슬그머니 집집이 들어가 이것저것 간 보는 개
옆 동네에 제 새끼 낳아준 암컷 두고
툭하면 바람피우는 개
진만이 아부지 닮아서 뺀질거린다고
진만이 엄니한테 매일 구박받는 개
진만이네 개가 막걸리 한잔 먹고는
모과나무 아래에서 잔다
코를 드릉드릉 골며 잔다
감자 캐다 말고 집에 들어간 진만이 아부지에게
진만이 엄니의 투정이 한가마니다
여물지 않은 모과가 톡, 떨어진다

바다, 잠시 숨을 멈추다
구룡포 해녀들의 숨비

저승 물길 헤치며 이승으로 돌아오다가
육지 문턱에서 쓰러졌다
부여잡은 가슴에 갈고리달이 박혔는지
뽑히지 않았다
파도가 일 때마다
세상 온갖 별이 눈물로 흥건했다
울컥울컥 올라오는 바닷물을 토하며
새삼
물질하던 당신 모습이
선명하게 보였다

옴마, 살았네 살았어

저승 돈 벌어 온다더니
저승 갈 뻔했다고
영감 죽은 지 십 년 만에
남정네와 입 박치기했다는 말에
얼굴 벌게지던 할머니가 웃으며
병원차 타고 갔다

바다가 잠시 숨 멈춘 순간이었다

성질난 다짐

비 그치니 매미 운다 뽑지 못한 마늘을 보다가 천불이 나 집으로 들어간 아부지, 애 터진 자리마다 마늘도 터졌다 맹물을 사발로 들이켠 아부지가 사레들려 쿨럭이자 칡넝쿨 같은 핏대가 올랐다

작년 농사 다 들어 엎고 올해 농사 잘 지어보자고, 내심 숨통 잡듯 다짐을 다잡았는데 볼 장 꽝이다 도와줄 일손은 없고 여물지 않은 마늘은 많고 이상스레 바뀐 날씨만 탓할 수도 없는 노릇

비는 오고
비는 가고

올해만 짓겠다고 성질난 다짐을 마늘밭에 던져놓으며 애먼 엄니만 타박이다

제 3 부

더없이 깊고 짙은 여름

1

족대로 송사리 몇마리 건져 올려 고무신에 넣었다

송사리가 내내 발냄새 맡으며 뱅뱅 돌았다

산그늘 나눠 가진 참나무는 물속에서 흩날렸다

간간이 옆집 개가 쿵쿵거리며 내 발냄새를 맡았고 가다가

다시 와서 또 맡았다

참나무 그림자 속 발가락이 꼬물거렸다

2

더없이 깊고 짙은 여름밤

사고 치고 다니던 엄나무집 아저씨가 야반도주를 했다

하루 뒤

엄나무집 아줌마가 콩나물 다듬다가 어디론가 슬쩍 사라

졌다

세간은 뒤집어졌고 쥐가 이불 속에 새끼를 낳았다

3

어둠을 짚고 가는 별이 까마득해서 솟을대문 앞에 쭈그리

고 앉아 돌멩이를 던졌다

돌멩이 맞은 별이 까딱거리다가 뒤꼍 조릿대 숲으로 떨어
졌다
달려가보니 집 앞 개울가
미나리아재비 잎에 앉은 별이 반짝거렸다

　　4
반딧불이는 서둘러 간 발자국을 비추고
그림자 따라간 달빛은 돌아오지 않았다
내 건너 은행나무만 스러져가는 별을 쓰다듬었다

음력 유월 초하루

할머니 제삿날을 손꼽아보던 엄니가
손가락을 접었다 폈다만 반복이다

초복 더위 오기 전, 장골 밤나무집 할머니가 문상 오다가
길 잃어 헤매다가 경찰서 간 날, 치매 할머니로 오해받아 여
러모로 경찰 애먹인 날, 고모부 기계에 엄지손가락 잘려 봉
합 수술한 날, 아우 돌부리에 걸려 넘어져 무르팍 피멍 든 채
장례식장 들어선 날, 대주 없는 우리 가족은 문밖에서 서성
거렸다

매미

아부지는 농부다 말하자면 남의 농지를 빌려 농사를 짓고
밤하늘의 별을 빌려 씨를 뿌리는 사람

마을회관 팔십 다 된 노인들이 아부지의 농사 동무다 아
부지가 볍씨를 뿌리면 동네 할아버지들이 따라서 볍씨를 뿌
린다 무 배추 종자도 아부지가 쓰는 것만 쓴다

평생 당신 논은 한뼘도 갖지 못했다 늘어가는 건 조합 빚
같은 주름살에 낡은 경운기 바퀴 사이에 낀 흙덩이 같은 빚,
막장꾼에서 농부로 넝쿨로 기어오른 생

빌려 쓰는 생이니 이리 살지,
내 것만 있으면 게을러서 못 산다는
목소리가 커서 허물도 컸다

나의 바다

장을 담그려고 살아 있는 꽃게를 사 왔다
필사적으로 몸부림치는 것을 가만히 바라보았다

무섭게 파닥거렸다
바다가 그리 먼 곳이다

아무리 파닥거려도 갈 수 없는 곳
필사적으로도 갈 수 없는 곳

나는 절실하지 않았기에
아직도 여기에 있다

꽃게의 바다도 멀고
나의 바다도 멀다

바다는 그리 먼 곳이다

저물녘

귀뚜라미 소리에 햇빛이 비스듬히 내려앉는다
과꽃이 흔들리는 몸으로 바람을 대나무 숲으로 보낸다

대숲에 든 성호 할머니 낫질에 파드득, 떨던 댓잎이
바람을 노 저어 논바닥에 떨어진다

논두렁에서 어슬렁거리던 점박이 고양이가 바짝 몸을 움
츠리고
내 소리가 바짝 엎드린다

억새가 햇살을 쓸어다 마당을 덮어주는
그런 저물녘에

아침이 일어난다

엄니의 헛기침 소리에 아침이 일어난다
부스럭거리며 옷 입는 소리가 새벽을 지나고
광문을 열고 빗자루를 꺼내 마당 쓰는 소리를
잠 속에서 읽는다
한줄 한줄 쓰는 소리가 어제 읽은 시행 같다

다시 문 여는 소리가 들리고
부엌에서 달그락거리는 소리가
참새 소리와 섞이다 문지방에 걸려 넘어지기도 한다
코끝으로 달려오는 밥 냄새에 뒤척거리는데
언제 들어왔는지 모를 햇살이 방구석을 비춘다

내내 조용하던 개가 부엌을 향해 컹컹 짖는다
그 소리에 놀라
달이 후딱 사라진다

그런 날이 있었다

위장에 좋다길래 토종 민들레 찾아 이 동네 저 동네 들판 헤집었다

산 더듬고 길 두드리며 꽃 찾아 미끄러졌다 덩굴에 살갗 뜯기며 따 온 인동초 꽃 노랗게 하얗게 술 한바가지 부었다

가을볕 깊숙이 산방에 들이치자 잎 진 가시오갈피나무 열매를 그늘에 말려 술 부었다

처마에 달린 말벌집, 아랫마을 향나무집 할아버지 목덜미 혹에 좋다고 어디서 듣도 보도 못한 말씀 던지시더니 살충제 여러번 뿌렸다고 가져가면 안 된다고 재차 말려도 모기장 쓰고 사다리 타고 올라가 톡, 따서 마대에 담아 가셨다

마시지도 못하는 술 담가놓고 오지 않는 그대 기다리는데 문밖, 개 한마리 어슬렁거리는 뒤에 대고 소리를 질렀더니 달이 놀라 엉겁결에 달무리를 뱉어내는 밤이 있었다

구석에서

사기당해 밤길 밟아 고향을 떠났던 누이
스무살 아들이 교통사고로 죽었다는 소식에 밤길 밟아 달
려왔다
조각난 얼굴
어디에도 없는 눈
아들의 마지막 얼굴은 누이의
가슴속에서 조각난 채로 무너졌다
구석이 흐느끼다가
구석으로 밀려났다
잘못 디디면 끝도 없이 떨어질 벼랑으로
누이는 밀리고 또 밀렸다
만날 때마다 늘 마지막이었던 아들
저승에서도 찾지 못할 것이라고
밀려난 구석이 가슴을 쥐어짰다

먼 거리

송철이네 할머니 돌아가신 지 겨우 한 계절인데
마당에 풀이 우거졌다
녹슨 대문 자물쇠 위로 호박 줄기 뻗어 있고
호박 줄기 위로 곤줄박이 날아간다

붓꽃이 지붕을 붓질하고 찔레꽃이 담장을 에워싼
울안에 불두화
울 밖에 조릿대

생선 대가리 얻어먹던 검은 고양이가 담장 위에 앉아서
졸고 있다
처마 밑, 제비가 흘린 흙은 토방에 흩어졌다

저승이 먼 거리가 되었다
들락날락하던 발걸음마저 멀찍이 돌아가게 했다

읍내 가는 길은 멀다

절에 살 때
고기가 먹고 싶어 스님 모르게 길을 내려갔다
내려가도 내려가도
길만 나왔다
대숲 휘파람새 속 모르게 지저귀고
지난겨울 내린 눈에 찢어진 소나무는
가시 이파리로 눈앞을 찔러댔다
먼 산 귀신새* 소리 좇아 눈 돌리다가
미끄러져 엉덩방아를 찧었다
절에 있는 동안 고기를 멀리했는데
어느 날 갑자기 허기가 찾아왔다
읍내 가는 길은 멀고
언덕은 몇 고개라
다시 절로 돌아오며
다음에는 꼭 먹을 것이라고
대숲에 고래고래 고함을 질렀다

* 호랑지빠귀.

60

딱새

흙집 성구네 뒤꼍을 지나는데
난데없이 뭔가 내 등을 스쳐 날아갔다
깜짝 놀라 주저앉았다
먹빛 가득한 하늘 언저리
딱새 두마리가 나를 향해 날아와 스쳐 지나갔다
아무리 생각해도 잘못한 것이 없는데
감나무에 걸린 비닐처럼 바스락거렸다
성구네 광에 백열등이 켜지고
꼼짝할 수 없었던 나는
기다시피 해서 벗어났는데
둘러보니 지붕 사이에
새 둥지가 보였다
뜨지 못한 눈으로 주둥이를 벌린
딱새의 새끼를 바라보다가
꼬리 터는 딱새를 보다가
토장국 끓여놓고 나를 기다리는
엄니에게 달려갔다

소문

몇년 동안 수박 참외 하우스 농사를 하던 정식이가
자기 집 부엌에서 쓰러져 죽었다
농협 빚 감당 못 해 죽었다고
사채를 얻어 썼다고
논밭뙈기 다른 사람에게 넘어간 지 오래라고
측백나무 울타리 참새떼처럼 짹짹거렸다
죽을 줄 알았다고 무언가를 알고 있었다는 듯 혀끝을 찼다
정식이가 당뇨를 앓았다는 것
당뇨발로 발가락을 세개나 잘랐다는 것
아버지 가게가 사기를 당했다는 것
모르는 말들이 뜬모처럼
둥둥 떠다녔다

산목련 같은 봄에 오르다

산목련이 피어서 꽃잎 주워 차로 마실까, 옷깃을 올리고 산에 올랐다

바람이 연두를 끌고 오니 스윽, 꽃잎이 떨어졌다

바구니 들고 오르니 그리 불던 바람도 잠잠

그늘이 깊어 오므린 봉오리만 가득,

산목련 바라보고 오른 산이 여러 고개인데 가는 곳마다 무덤이 있었다

아직도 상중(喪中)인지

목련꽃에 부처님이 계신 것인지

이 험한 세상 불 밝힌 곳이 부처님 품 안이라면 괜찮겠다고

내 그림자 뒤에 두고 산길 밟았다

제 4 부

그늘 깊은 집

감나무집 창기네 할머니가 돌아가셨다
뽑아내지 못한 수숫대 스쳐 가셨다
입춘만 넘기면 설만 넘기면 조금 더 사실 수 있었을 텐데
그도 못 넘기고 가셨다고 넘기지 못한 숭늉처럼 울컥거
렸다
구멍 난 양말로 빈소를 빙빙 돌던 창기가
탈상하자마자 부동산에 할머니 집 내놓고 떠나버렸다
그늘 깊은 집을
감나무 그림자가 끌어안았다

66

백중(百中)

모처럼 만에 오신 아부지가 머리맡에 서서 나를 내려다보
다가 옆의 엄니를 바라보다가 번갈아 불안한 눈빛을 건네셨
다 구름도 없어 달빛이 아부지 얼굴에 투명하게 비치는데
꿈결인지 뭔지 손끝에 엄니 얼굴이 닿는 순간, 놀라 일어나
보니 열이 가득 젖은 수건으로 이마 닦고 약 드시고 주무시
는데 저승 가서도 마음 놓지 못하고 아픈 마누라 챙기는 사
랑이 가득하여 이 밤이 어찌 가는지 몰라 뒤척이는데 영식
이네 수탉이 흥건했던 그리움을 깡그리 깨놓은 새벽이다

밤을 줍다가

산에 들어 밤을 주웠다
간혹 목쉰 꿩만 울고 가는 산
가을도 밤송이에 찔려 후다닥 달아나고
혹시 누구라도 볼까, 먼 곳을 바라보다가
벌렁거리는 가슴을 다잡고 밤을 줍다가
시커먼 나무 그림자에 놀라 커다란 나무 옆으로 달려가
숨었는데
나만 두고 갈 거냐며 조용히 소리치는 엄니
산줄기가 서쪽 바다로 나 있는 곳에 들어
고려장할 거냐며 눈빛으로 다그치는데
무슨 생각을 저리 하시는지
밤송이가 알밤 내놓듯 하시는지
아무 말도 못 하고
그저 떨어진 밤 찾는 듯 풀숲만 뒤적거렸다

목련꽃 발자국

목련나무 그늘 밑 법당
부처님 앞에 돌 반지가 놓여 있었다
누가 다녀갔을까
그제 아침 연등 아래 흐느끼며 울고 간 여인일까

아이 보내고 여기저기 흩날리다 어찌어찌 찾아든 절
문창살에 번지는 빗물이
목련꽃처럼
떨어지고 있었다

향냄새 가득한 법당을 닦다가 나도 모르게 눈물이 나서
열린 법당 문 사이로 산줄기를 바라보는데
하얀 발자국에 눈물이 흥건했다

종탑 아래
한참을 서성이다 돌아갔는지
건드리면 부서질 것 같은 여인이 디딘 자리마다
흩어진 목련꽃 향기가
한길로 흐르고 있었다

달은 밝은데

틀니를 잃어버린 아흔의 아버지가 온 집 안을 뒤집었다
고릿적 사진이 옷장 밑에서 나왔다
오래전에 매고 다녔던 붉은색 넥타이가 구겨져 있었다

틀니를 잃어버린 아버지가 온 집 안을 뒤집었다
창밖, 개구리는 머릿속에서 울어대고
아버지는 칠푼짜리 돼지 꼬리 같다며*
늙은 냉장고 속까지 들락거렸다
찢어진 잇몸에 소금이 닿은 것처럼 따끔거렸다

거실에서 한참을 서성거리던 아버지가 아들 얼굴을 보고
달도 밝은데 머릿속이 우렁잇속이라고
도대체 어디다 뒀는지 모르겠다고 우셨다

틀니를 잃어버린 아버지가 우셨다

고릿적 사진 속 넥타이를 맨 아버지는 웃고 계셨다

* 아무짝에도 쓸모없음을 비유적으로 이르는 말.

야간작업

아우가 밥 벌어먹는 공장에서 사고가 났다
기계 상판에 동료가 끼여 죽었다고
식음을 전폐하고 누운 아우가
베갯잇이 젖도록 울었다

자식 둘에 젊은 아내 두고 가는
동료의 모습이 보이는 것처럼
밤새 손을 내저었다

붙잡아도 밤은 가고
붙잡아도 밥은 목구멍으로 넘어갔다

피 묻은 기계를 바꾸고
야간작업을 하는 손들은 그저 묵묵할 뿐이다
먹먹할 뿐이다

미싱사

당신은 미싱사
창신동 건물 지하에서
청바지를 만들다가
실밥을 끊어낸다

무너진 처마 귀퉁이를 어깨로 짊어졌던
아들을 암으로 먼저 보내고
바닥에 뒹구는 실밥
미싱을 돌리는 당신의 모든 자리는
낭떠러지

어디까지 떨어져야 하는 것인지
동아줄도 끊어진 미싱사

다친 손가락으로 별을 짚다가
다친 손가락으로 달을 건드리다가
죽은 아들 거처를 묻는

날마다 낭떠러지로 떨어지는 당신은
미싱사

집이 돌아가셨다

할머니 저승 가시고 집이 돌아가셨다
어디로 가는지 모를 그곳으로
집도 따라갔다

온양댁 할머니가 우물우물하다가 툭, 뱉어놓은 탱자꽃
피기도 전에 저승 가시자 어찌 알았는지
탱자나무가 한달 만에 죽었다

전봇대 공사 도맡아 하던 진숙이네 아버지가 교통사고로
돌아가시자
그 집 마루 밑에 살던 개 동식이도 이유 없이
시름시름 앓다가 보름 만에 죽었다

정성을 들였던 것들은
아픔도 죽음도 함께한다

아버지 돌아가시자 살던 개도 죽고
밭 귀퉁이 낡은 경운기도 사라졌다

이야기 한 소쿠리

시내 사는 길석이가 일 끝나고 집에 온다는 전화에 길석 엄니 초저녁잠도 못 자고 까무룩 졸고 있는데, 갑자기 현관 문 부서져라 열고 들어온 길석이 얼굴이 허했다고, 사시나 무 떨듯 달달 떨고 있는 길석이 달래고 물으니,

가로등도 없고 달빛에 의지해 걸어오는데 정류장 옆에 까만 게 서 있는데 자세히 보니 움직이지 않고 손짓을 하더 란다 등줄기에 식은땀은 흐르고 식겁해 뒤도 안 보고 뛰었 다고,

밤새 헛소리하며 앓는 길석이 눕혀놓고, 날 터오기 무섭 게 새벽달 뒷짐에 업고 길 밟아 길석이가 말한 장소에 가보 니 죽은 나무에 칡이 엉켜 꼭 사람처럼 서 있었다고, 바람이 불 때마다 칡 이파리 흔들리는 것이 손짓 같더란다

길석이 깨워 정류장 옆 헛것을 보여주니 기가 막혀 웃다 가 도끼 가져와 베어냈다고, 귀신 씻나락 까먹는 소리를 한 길석이 보내놓고 마을회관에서 이야기를 한 소쿠리 내놓은 길석이 엄니

개 대가리 소금 허치듯*

1

"뭣 허는거? 낼 콤바인 들어온다는디 가 돌림 혀야지 죙
일 도깨비뜨물만 마시고 있는겨? 도깨비도 안 마시는 걸 마
시냐고!"

"일도 마셔가며 혀야지."

"뚫린 게 입이라고 말은 참말로 잘허지. 일은 개 대가리
소금 허치듯 하믄서."

"나가 개 대가리여?"

마시던 도깨비뜨물을 내던지고 정씨 아저씨가 벌떡 일어
나 달려오자 아줌마가 잽싸게 도망쳤다.

2

치매 걸린 정씨 아저씨의 아부지는 나를 붙잡고 6·25동란
이야기를 자주 했다.

"포탄이 떨어지는디 갈 데가 읎었어. 너무 무서워서 뒷산
동굴 속에 숨어서 벌벌 떨었당께. 슝슝 뷩기는 날아다니지,
오줌 지린 줄도 모르고 귀만 막고 있었당께. 나가 그때 저 뒷
산 동굴에 들어가지 않았으믄… 헌디 누구여? 누군디 아까

정부터 여 있는겨?"

할아버지 정신이 돌아올 때마다 며느리에게 '미안허다 미워도 잘 부탁헌다'며 두 손을 맞잡았다. 그러면 아줌마는 눈물을 쏟으며 대성통곡을 했다. 할아버지 돌아가신 후 아줌마는 몸에서 뭔가가 훅, 빠져나간 것처럼 휘청거렸다.

할아버지는 전쟁 통에 피신하다가 갱갱이(강경)에서 할머니를 만나 아저씨를 낳았다. 아들 하나 낳고 결핵에 걸려 얼마 살지 못한 할머니. 의지간이 사라진 할아버지는 아들 정씨 아저씨와 찌그락째그락 살았다. 손 끊어지면 큰일나는 줄 알았던 할아버지는 어떻게 해서든 아들이 해달라는 것은 모두 해줬다. 그런데 그 아들은 매일 개 대가리 소금 허치듯 농사를 짓고 있으니,

3

"빈손으로 가지 말고 낫 들고 가라고! 돈 처들여서 콤바인 불렀으믄 돕는 시늉은 해야 쓸 거 아녀!"

76

정씨 아저씨네 집을 지날 때면 개 짖는 소리보다 아줌마 목소리가 컸다.

* 일을 대충 성의 없이 하다.

헌 소리 또 허고

옥천댁과 들머리댁이 작년에 돌아가신 장씨 할아버지 묘지 마당에 지팡이 나란히 놓고 앉았다. 옥천댁이 흐르는 콧물을 소매 끝으로 닦자, 파란 하늘을 찍 긋고 직박구리가 날아갔다.

"이 냥반은 이리 추운디 뜨뜻한 곳에 앉았네."

"사램이 원체 좋았지."

"누가 아니랴. 있는 거 읎는 거 퍼주는 냥반 아녔어. 일찌감치 새끼들 먼저 저승 보내놓고 혼자서 삽질헌 냥반이지."

"내깔서 괴기 잡어다가 동네방네 잔치허던 냥반 아녀. 나도 짐치 가지고 여러번 가서 은어먹었는디, 솜씨도 좋았지."

"지금 내깔은 내깔도 아녀. 그땐 참말로 맑었지. 거서 징거미도 건져다 묵었다니께."

"거만 있남. 올갱이며 빠가사리, 피래미, 모래무지도 많았당께."

"암만, 그때가 좋았지. 일은 심들어서 소불알이 달랑거려도 재미있었다니께."

"근디 큰아들은 온제 갔지?"

"장씨 할배보다 서너해 먼저지."

"오디가 아팠지?"

"폐라고 몇번이나 야그혀?"

"귓구녁에 말뚝 박혀서 못 알아묵는디 워쩌라구."

"누가 귓구녁 야그여? 대그박 야그지."

외로운 허수아비

　써레질 끝난 논바닥에 사람이 있다는 소리에 새벽 잠자다
말고 아부지가 뛰어나갔다. 그 사람을 처음 본 건 모심으려
고 물꼬 막으러 나갔던 진천이네 아저씨였다.

　"물꼬 막으러 가는디 시끄럽게 개구리가 울더라고. 왜 울
지, 왜 울지 하믄서 가는디 뭔가 시커먼 게 우리 논바닥에 있
는겨. 구신인가 싶어 등줄기에 소름이 돋는디 자세히 보니
께 사램 아닌감."
　"사거리집 아들 아녀?"
　"왜 아녀. 그 맹꽁이가 거기 있을 줄 누가 알았남."
　"하여튼 하는 짓이 꼴뵈다니께. 접때도 술 마시고 질거리
서 엎어져 있더니 이번에는 넘의 논에 들어가서 몬 짓이여.
허구헌 날 동네방네 사고만 치고 다니니."
　"넘 말 말어. 쟈 인생도 그리 쉬운 건 아녀. 허는 일마다 엎
어지니 몬 재미가 있었어. 접때 벽돌 지고 가다가 넘어져 무
릎 다치고, 연탄 배달하다가 언덕에서 넘어져 병원 신세 졌
잖어. 살고 싶어 용을 쓰긴 쓰는디, 거참."

　논 밖으로 업혀 나온 사거리 집 아들의 긴 숨 사이로 바람

이 새어 나왔다.

염생이

우리 동네 황영감님은 매일 하는 일이 염생이와의 싸움이었다. 뿔 커다란 염생이에게 매일 소리를 쳤다. 그러면 뿔난 염생이도 대답을 하듯 '메에, 메, 메~에' 하고 뿔을 받쳐 들었다. 이에 열 오른 황영감님은 오디서 주인헌티 지랄이냐며, 싸리 빗자루를 들고 달려갔다. 한데 황영감님보다 염생이가 더 빨라서 뒤를 보다가 황영감님이 달리면 달리고, 서 있으면 같이 서 있었다. 염생이나 황영감님이나 타고난 성질이 닮아서 한치의 양보도 없었다.

"이 시키 봐라, 오디서 뿔을 드는겨? 나가 지 시악시를 잡아간다고를 혔어, 지 시끼를 판다고를 혔어. 풀 잘 뜯어 묵고 배때기 빵빵허구만 왜 나헌티 이러는겨? 잉? 배부르니께 눈에 뵈는 게 읎나벼."

감또개 떨어진 장꽝 위에서 고양이 한마리 시원찮은 상황을 바라보고 있었다.

"아니, 꽝에서 나오는디 갑자기 저놈이 뿔을 들고 달려오는겨."

어디에다 누구에게 말하는 건지 모를 황영감님은 귀둥대
둥하면서 염생이를 잡겠다고 뛰어다녔다. 잠시 그렇게 뛰어
다니던 분이 마루 위에서 내려오지도 못하고 기둥 붙잡고 떨
고 있는데, 그 모습을 바라보던 염생이가 갑자기 우리 쪽으
로 달려왔다. 식겁한 우리는 소리를 지르며 집으로 달렸다.

손자국

어린 시절 뒤꽁무니를 쫓아다녔던 수탉의 울음소리가 감나무에 서려 있는 옛집에 들었다 귀퉁이 떨어진 항아리가 있었던가 개망초가 기웃거리는 구름을 쓸어냈다 눈 끝으로 어린 시절을 만지작거리다가 광에서 만났다 큰 몸집이 무너지는 걸 안간힘으로 받쳐 든 벽에 선명하게 찍힌 손자국

공생공락(共生共樂)을 꿈꾸는
볍씨를 품은 사람

문동만

박경희 시인의 산문집『충청도 마음사전』(걷는사람 2023)
을 읽고 난 감동의 여운이 가시기도 전에 그 내력과 서사의
연장전일 새 시집을 읽는다. 마치 어려서 한동네 살던 순진
무구하고도 입담 좋은 이웃집 여자아이가 살가운 어른이 되
어 조곤조곤히 그 시절 이야기를 들려주는 것 같다. 내가 알
고 있는 것 같으면서도 사뭇 낯선 이야기들을 읽는 내내 은
근한 웃음이 입가에 맴돌았다. 이번 시집과 지난 시집, 그리
고 산문집을 다시 읽으며 박경희 시인만이 쓸 수 있는 순량
하고도 고유한 마음의 '볍씨'들을 매만져보면서 그가 그리
는 아름다운 세상은 무엇일까 생각해보았다. 이 시들은 베
어 온 꼴(풀) 같은 것들이어서 먼저 소의 육신으로 돌아가
느긋하게 되새김해야 할 것들이었다. 저물녘 바다에서 돌아
와 수돗가에 내려놓은 고둥이나 동죽의 느린 꿈틀거림으로

들여다봐야 할 자연과 사람살이의 애틋한 정경들이었다.

내 고향이기도 한 충청남도 보령에서 나고 살아온 시인
은 어느덧 오십대에 이르렀다. 내 기억 속의 그의 이력은 대
학에서 문학을 전공했고, 한때 스님이 되고 싶어 했고, 전라
도 어느 절에서 공양주 보살을 잠깐 하다가 지금은 고향에
서 아이들에게 글쓰기를 가르치며 입담 좋은 어머니와 둘이
서 아웅다웅 살고 있다는 것 정도이다. 그는 여전히 원형의
시공을 공경하며 땅과 바다와 나무와 아이들의 손을 잡고
살아가고 있다. 시를 알고 사람을 알기 위해서는 그가 어떤
생활환경에서 살아왔는지를 아는 것도 중요하다. 생각해보
면 나도 고향에서 살았던 시간보다 도시에서 산 세월이 훨
씬 긴데도 나도 모르게 어린 시절의 원체험을 쓰게 되는 경
우가 적지 않다. 가장 여릴 때 또렷이 박힌 상처나 추억을 시
로나마 회복하고 회생시키고 싶은 마음이 있기 때문인 듯하
다. 기억을 토해내는 것은 기획이나 의도라기보다는 자연의
일부로서 체득한 자연의 습성에 가깝다. 여기서 잠깐 초여
름이긴 하지만 겨울에 술국으로 그만인 '물잠뱅잇국' 한그
릇 먹고 시작하기로 하자.

바지랑대 긴 빨랫줄에 매달았다
달빛 끌어모아 말리고
바람 끌어모아 말리고

꾸덕꾸덕 마른 물잠뱅이를 얇게 포를 떠 지짐이를 한다
어슷 썬 붉은 고추는 덤이다

쌀뜨물에 신 김치 쫑쫑 썰어 넣고
손가락 한 마디만 한 쇠고기를 넣은 다음
물잠뱅이, 물미거지, 물메기, 물텀벙이, 물곰, 꼼치
마치 바다를 불러 모으듯
허우적대는 마음을 넣고 바글바글 끓인다

산 넘어가던 해가 침을 삼키고
노을이 환하게 번질 무렵
계란을 풀어 휘젓는다

바다 노을을 끓여 만든,
죽은 사람도 문지방을 건너와 밥상머리에
먼저 앉아 기다린다는 물잠뱅잇국

　　　　　　　　　　　　　　　　　—「물잠뱅이」 부분

　보령은 서해를 끼고 있어 자연이 수려하고 물산이 풍부한 곳이다. 바닷가치고는 해발이 높은 오서산과 성주산이 있고, 만수산에서부터 흘러오는 물과 골골에서 흘러내리는 물이 수량도 많고 맑디맑아서 섬진강 못지않다. 그 일급수들은 수많은 마을을 거치며 바다로 흘러들었다. 우리는 그런 바다에서 일하며 놀았고, 맑은 냇가를 찾아 소풍을 갔었다. 수경 없이도 맑은 모래알까지 다 보이던 맑은 물살이었다. 바다는 또 어땠던가. 크고 작은 만(灣)들이 마을 안쪽으로 들어와 있었고, 조그만 포구들이 그림처럼 박혀 있었다. 그 바다는 밥을 바꿔다주는 논밭이기도 했고 아이들의 놀이터이기도 했다. 그러나 일제강점기부터 1990년대까지 간척이 이어져 바다는 서쪽으로 서쪽으로 쫓겨나야 했고, 댐이 건설되면서 우리들의 고향은 수몰되고 말았다. 골프장이 들어서고 산허리를 깎아 도로가 만들어져 원형의 고향을 상실한 이야기는 시집 곳곳에서 한숨으로 터진다.

> 고사리 끊으러 다녔던
> 산이 사라졌다
> 산벚나무가 유난히 많던 산이
> 호랑지빠귀가 울던 산이
> 기둥에 걸어놓은 거울 속
> 산이 사라졌다
> ──「산이 사라졌다」 부분

박경희 시인은 내 여동생들과 비슷한 연배인데다가 성장환경이 비슷해 작품 속의 시공간이 마치 한동네, 한집안인 듯 가까이 느껴진다. 심지어 내가 쓴 시의 제목이나 제재와 일치하는 것이 있어 놀라기도 했다. 체험의 일치성이랄까.

어디선가 소 울음으로 '어여 오소' 하고 부르는 소리가 들려
온다.

　　나가 구십 하고도 거시기 두살인가 세살인가 헌디도 까
　막눈 아녀, 젓가락을 요로코롬 놔도 뭔 자인지 모른당께,
　그냥 작대기여 헌디, 할멈이 서울에 있는 병원에 수술받
　는다고 병달이 놈 손 잡고 올라갔잖여, 병달이가 무신 일
　있으믄 편지 쓰라고 봉투에다가 주소는 적어두고 갔는디,
　나가 글씨가 뭔지 오치게 알어, 기냥 알았어,라고만 혔지,
　그때는 산 넘어가야 전화가 있을랑 말랑 혔어 암만,
　　어찌어찌 보름이 지났는디 이 할멈이 오지를 않는겨,
　저짝에서 소쩍새가 소쩌럭 소쩌 소쩌 여러날 우는디 환장
　허겠데, 혼자 사는 노인네들은 어찌 사나 몰러, 그나저나
　수술받다 죽었으믄 연락이라도 올 텐디 꿩 궈 먹은 소식
　이더라고,
　　병달이가 써준 봉투 생각이 나서 종이 꺼내놓고 뭐라
　쓰야겄는디, 뭐라 쓰야 헐지 몰라서 고민허다가 에라 모
　르겄다, 허고는 소 다섯마리 그려 보냈당께, 근디 할멈이
　용케 알아보고 열흘 만에 왔더만, 나가 글씨보단 그림에
　소질이 있는 걸 그때 알았당께

　　　　　　　　　　　　　　　　　　—「오소」 전문

능청 좋은 할아버지가 곁에서 주절거리는 것처럼 사투리

입말이 눅진하게 살아 있는 이 시를 길게 해석할 필요는 없을 것이다. 문맹의 할아버지가 서울로 수술받으러 간 할머니를 기다리다 소식이 궁금하여 소 다섯마리를 그린 편지를 부쳤더니 할머니가 "용케 알아보고" 몸 달아 내려오시더란 얘기. 아마도 할머니에겐 소 다섯마리도 그리운 식구였을 것이다. 할아버지의 어설픈 그림은 효험 있는 부적같이 큰 일을 하였다. '오소'는 '어여 오시라'는 말이면서 '다섯마리의 소'라는 중의성이 절묘하게 맞아떨어지고, "글씨보단 그림에 소질이 있는 걸" 알았다는 할아버지의 능청은 입가에 오래도록 웃음이 머물게 한다.

어느 날, 아부지가 쌀가마니를 어깨에 메고 내 작업실에 오셨다. 그러고는 빛 안 드는 서늘한 베란다 구석에 놓았다.

"씬나락여. 내년 봄에 쓸 거여. 귀한 거여. 귀한 딸 집에 귀한 거만 놓는겨."
"내가 쫌 귀하지?"

씽긋 웃던 아부지가 간다는 말씀도 없이 현관문을 열고 나가셨다. 내년 농사 씬나락은 말 그대로 씨앗이다. 종자가 좋아야 열매도 좋다. 좋은 종자를 얻기가 힘이 드는데, 아부지는 찰배미논에서 나온 쌀을 늘 씬나락으로 했다. 그

귀한 씬나락을 내 안에 덜썩, 갖다놓고 저승 가신 아부지.

　　　　　　　　　　　　　　　—「씬나락」(『충청도 마음사전』)

　이 글은 산문이면서도 시와 다를 게 없다. '귀신 씻나락
까먹는' 걸 본 적도 없는 사람들이 속담을 상용하지만 박경
희는 귀신도 울고 갈 그 귀한 것을 홀로 쟁여두고 있다. 독보
적인 경험이자 자산으로서 '씬나락'을 간직한다. 그의 시에
는 아버지에 대한 그리움이 유독 깊은데 아버지 닮은 큰딸
이어서 그런 것인지 모르겠다. 그렇다고 아버지의 단점이나
허물을 모르는 딸은 아니었나보다.

　빌려 쓰는 생이니 이리 살지,
　내 것만 있으면 게을러서 못 산다는
　목소리가 커서 허물도 컸다

　　　　　　　　　　　　　　　　　　　—「매미」 부분

　시인은 또 '달쌍한' 자신의 외모에 불만이 많았던 모양인
데, 그런 자신의 외모를 희화화하면서까지 웃음의 재료로
베풀기를 주저하지 않는다.

　나는 달쌍하다,는 말을 좋아하지 않는다. 어릴 적부터
하도 많이 들어서 그놈의 달쌍 얘기만 나오면 화가 난다.
오죽하면 엄니를 붙잡고 이런 한탄을 했을까.

"엄마는 나를 왜 이렇게 낳았어? 맨날 세숫대야 같다고,
보름달 같다고 하고. 동네 사람들 죄다 달쌍하다고 하고.
나보고 남자라고 하고."

"나라고 너를 그렇게 낳고 싶었겄냐. 문희, 윤정희처럼
낳고 싶었지. 헌디 느그 아배 씨가 그런 걸 나보고 그러믄
안 되지."

——「달쌍하다」(『충청도 마음사전』)

박경희의 시를 좀더 깊이 읽기 위해서는 시 속의 주요한
등장인물인 '엄니'의 내력을 더듬어봐야 한다. 요즘 세상
에 '엄니'라고 부르는 일이 생소한데, 시인은 아직도 그렇
게 살갑게 부른다. 시인의 '엄니'는 "미니스커트에 하이힐
신고 극장에 다니던 멋쟁이 아가씨"였으나 곤궁한 집에 시
집 와 "시장 바닥에서 어린 남매를 고무 다라이에 묶어놓고
배차(배추)를 팔"아야 하는 세 아이의 엄마가 돼버렸다. "빌
려 쓰는 생이니 이리 살지,/내 것만 있으면 게을러서 못 산
다"는 아버지의 생활관은 물욕이 없는 수도자 같은 말씀이
나 가족들은 실속 없는 자위론같이 느꼈을 테다. 그런 아버
지와 가장 많이 부딪치면서도 믿고 의지하며 손발을 맞춰야
했던 건 당연히 안살림을 책임진 어머니였을 터, 속을 끓이
며 산 어머니로서는 아버지에 대한 감정이 딸과는 다른 양
가감정일 수밖에 없었을 것이다. 꿈이라는 게 그리움이 깊

어도 괴로움이 깊어도 들이치며 오는 것이라면, 어머니의 꿈에 아버지는 같은 사람이면서 다른 사람이 되어 오시는가 보다.

　　잠자리를 서쪽에 두던 엄니가 꿈이 시끄럽다고 동쪽으
로 돌렸다

　　마루에 앉아 머윗대 껍질을 벗기면서
　　저승 갔으면 그쪽 세상에서 잘 살 일이지 이승은 왜 들
락거리느냐고
　　보이지도 않는 분 타박이다
　　살았을 적에 그리 모질게 마음고생시키더니
　　무슨 할 말이 있어서 이승 문턱을 넘느냐고 사발째 욕
을 퍼붓는데
　　옆에 있던 내가 슬금슬금 자리를 비키니
　　개가 이러지도 저러지도 못하고
　　제집만 들락거렸다
　　이승 일에 저승 사람이 끼면 될 일도 안 된다고
　　소금 한줌 뿌렸다
　　　　　　　　　　　　　　　　　　　—「꿈자리」 전문

　　달 눈꺼풀이 바르르 떨리는 밤 잠결에 어머니가 한바탕 크게 웃는다 자다 말고 일어나 얼굴을 보니 볼이 붉다 내

려앉은 초승달이 눈 한가득이다 닭도 울지 않은 새벽녘에
일어나 오줌 누러 가는 어머니 등 뒤에 대고 뭐가 우스워
서 자면서 그리 웃었느냐고 물으니 저승 간 느 아버지가
왔다고 옆에 누워 내 젖을 만졌다고 간지러워서 웃었다며
지지 않은 달빛 속으로 들어간 부끄러움 한동안 빤히 창
밖만 바라보던 어머니 서둘러 화장실로 들어가며 네년 때
문에 오줌 찔끔거렸다고 속옷 갈아입어야겠다고 잠이나
자지 왜 일어나서 지랄이냐고 괜스레 애먼 나만 타박이다
            —「웃음 달」(『그늘을 걷어내던 사람』, 창비 2019) 전문

　꿈을 통해 사라진 사람이 돌아오고 산 사람은 생동을 얻
는다. 꿈은 우리가 우주의 한 공간에 머물며 함께 살아간다
는 것을 보여주는 리얼리티로 충만한 극장 같은 곳이다. 꿈
에서 울면 깨어나서도 눈물이 맺혀 있고, 꿈에서 웃으면 깨
고 나서도 웃음 짓는다. 꿈이 시가 되기도 하는 걸 보면 꿈은
시의 원류 같은 것일지도 모른다. 나도 꿈을 자주 꾸는 사람
인지라 이러한 단일하지 않은 감정이 무엇인지 알 것 같다.
이것은 어머니의 변덕스러움이 아니다. 그리움이며 야속함
이고, 속을 다 열어 보일 수 없는 회한이기도 할 것이다. 원
수지간의 한이 아니라 다 풀고 가지 못한 것들, 살아서 잘 어
울려 살지 못한 것에 대한 후회 같은 것들, 그리고 사랑과 미
움이라는 큰 간극 사이에 있는 다 말하지 못할 감정들이 결
구한 배추처럼 겹겹으로 두르고 있어서일 것이다. 우리 어

머니도 말년의 몇년을 제외하곤 평생 아버지와 불화하며 사셨다. 우리는 늘 수난을 겪는 어머니에게 우리 걱정은 말고 멀리 떠나시라고 했지만 기껏해야 이웃집에 잠깐 있다 돌아올 뿐이었다. 돌아가시기 전, "내가 갈 디가 어딨다니" 하며 아버지 곁에 가겠다고 하셨다. 우리는 어머니를 아버지 곁에 모시며 두분의 단순하고도 심오한 마음을 다 짐작할 수 없기에 무어라 판단하지 않고 그저 편히 사이좋게 잘 지내시라 술을 따를 뿐이었다.

빈 절간을 지키는 개 반달이의 느린 걸음이고 싶어졌고 슬쩍 날아와 털신의 털을 뽑아 가는 박새 부리이고 싶어졌고 무너진 축대를 간신히 붙잡고 있는 목련나무를 스쳐 가는 바람이고 싶어졌고 극락전 앞 뒹구는 매미 허물이고 싶어졌다 바랜 단청 흐린 색으로 머물다 지워지고 싶었고 문살 나간 창호지 구멍이고 싶었고 그늘도 없는 폐사지에 머물다 간 구름이고 싶었다 요사채에서 병든 사내가 밟은 절 마당이고 싶었고 승복 말리는 빨랫줄이고 싶었다 그렇게 여러달 서성이던 발자국으로

머리 긴 비구니가 되어 그늘 많은
도시로 돌아왔다

—「폐사지를 걷다가」 부분

목련나무 그늘 밑 법당
부처님 앞에 돌 반지가 놓여 있었다
누가 다녀갔을까
그제 아침 연등 아래 흐느끼며 울고 간 여인일까

아이 보내고 여기저기 흩날리다 어찌어찌 찾아든 절
문창살에 번지는 빗물이
목련꽃처럼
떨어지고 있었다

향냄새 가득한 법당을 닦다가 나도 모르게 눈물이 나서
열린 법당 문 사이로 산줄기를 바라보는데
하얀 발자국에 눈물이 흥건했다
　　　　　　　　　　　　　　　　—「목련꽃 발자국」 부분

"머리 긴 비구니가 되어 그늘 많은/도시로 돌아왔다"라는
문장에 마음이 머문다. 스님이 되겠다고 결심하기까지의 번
뇌가 하루이틀은 아니었을 것이다. 절간에서 밥을 짓고 갖
은 일 다 하는 공양주 보살의 생활도 쉬운 결단은 아니었을
터. 그는 거기서 여러달 살며 돌 지나 죽은 어린 영가(靈駕)
의 돌 반지를 부처님께 바치는 슬픈 엄마를 만났다. 그리고
그 절간에 여러달 깃들여 산 시인들과 소설가들도 만났고
음식도 배웠다. 수주작처(隨主作處), 머무는 곳이 어디든 거

기서 주인이 되어 살다보면 그 공간은 마침내 삶도 시도 내어주는 것이다.

박경희의 시는 독해의 영역으로 살피기보다는 충청도 서남 지역의 방언이 주가 되는 서사의 찰진 맛과 사람과 사람이 결연하여 어떻게 살고 있는지, 어떻게 살아가야 하는지를 탐문하는 쪽으로 기울게 한다. 무엇보다 이웃의 삶에 무진장한 관심을 갖는다. 설운 이야기보다 충청도식 개그 같은 비 오는 날의 밭매기에 동참해보자.

"접때, 풀 뽑아줘서 고마워 잉. 나 혼자 혔으면 지금쯤 저승길 열심히 밟고 가고 있을겨…… 이제는 농사도 못 지어 묵는다니께. 심이 있으야 지어 묵지. 깨도 베야 쓰는디 여즉 이러고 있어. 저러다가 다 터져불 텐디."

가랑비 내리는 날, 살구나무집 할머니가 밭에서 풀을 뽑고 계셨다. 그냥 지나치기도 뭣해서 지나가는 말로 한마디 던졌다.

"고생하시는데, 제가 좀 도와드릴까요?"
대부분 이렇게 말하면 옷 젖는다고 그냥 가라고 하는데 살구나무집 할머니는 에둘러 말을 던졌다.

"그냥 가, 비 오는디 뭘 헌다고 그려. 나만 젖으면 됐지…… 아이고, 아즉 멀었네. 밭고랑이 몇개여."

—「뚝떡수제비」(『충청도 마음사전』)

당신 같으면 어찌하셨을 텐가. 그냥 가던 길 갔을 텐가, 아니면 호미 쥐고 밭고랑에 주저앉아서 같이 비 맞으며 두어고랑 밭매고 갔을 텐가. 말을 곧이곧대로 들으면 안 되는 충청도식 유머는 직설이 아닌 에두름이다. 반어가 있고 비유가 있고 반전이 있다. 일부러 지어 만든 것이 아니라서 회자되는 힘도 세다. 어쩌면 문학의 탯줄 같은 것이다. "농경문화의 자식으로서 대지적 감수성이 몸에 밴 박경희의 시는 오래전 흙과 한덩어리가 되어 살았던 시간이 두루마리 풀리듯 펼쳐져 문자 이전으로 들어가게 하며, 짠한 사연을 넉넉한 해학으로 직조한 시들은 글자 이전에 말이, 말 이전에 마음이 있었음을 실감케 한다"(『그늘을 걷어내던 사람』 발문)는 김해자 시인의 평처럼, 박경희 시인은 "짠한 사연"을 널리 퍼뜨려 같이 울게 하려는 사람이고, 사라져가는 사람들의 내력과 아무도 기록해주지 않는 장삼이사들의 축약된 행장기를 흐르는 물살에 손가락으로 그어서라도 적어두려는 사람이다.

참나무집 아줌마가 요양원 그늘에 든다고
저녁 밥상에 던져놓았는데
천천히 내 말을 곱씹던 엄니

밥숟가락 놓고 든 화장실에서 우는 소리가
가는 빛으로 새어 나왔다

—「파마」부분

그나저나 깨 빌 때 됐는디 나가 들어가서 지때 못 나오
믄 자네가 좀 비줘. 어찌 됐든 살아서 나오려고 노력은 해
볼 테니께 욕 좀 봐. 그려, 걱정 말고 깨나 좀 해결해줘 봐.
나오믄 막걸리 살 테니께. 그려.

—「전화」부분

박경희 시인이 '그늘을 걷어내는' '충청도의 마음'으로
살려 할 때 나는 무엇을 걷어내고 있는지, 무엇을 꿈꾸는지.
나는 매가리 없는 집게발을 파닥거려보지만 돌아갈 바다
도 논밭도 없다. 고향집도 사라지고 부모님도 안 계신 고향,
어쩌면 상처이기도 한 고향에 돌아가 살 자신이 없다. 그래
서 이 도시에서 파닥거리며 산다. 도시 생활에 숙련된 소비
자로서 사는 내가 소박한 농부나 어부가 될 수 있는가. 나는
오래도록 확답할 수 없을 것이다. 그러나 나도 그 아까운 땅
과 바다를, 쓸쓸히 사라져간 사람들을 시로나마 회생시키고
싶은 마음만은 절실하다. 최근엔 자연과 농경을 다루는 시
들을 진부한 서정으로 여기는 경향이 있는 것 같다. 도시화
된 사회에서 어쩔 수 없는 일이겠지만, 나는 자연을 아는 것
은 시의 절반을 갖고 있는 것과 진배없다고 생각할 때가 많

다. 자연의 생리를 알고, 훼손된 자연을 회복하려는 의지를 그치지 않는 일은 결국 사람살이의 근본과 연관된 것이므로 시는 그 본질을 외면할 수는 없을 것이다. 가치 있고 애틋한 것일수록 고유하고 매혹적인 작품으로 분투해야 하리라.

장을 담그려고 살아 있는 꽃게를 사 왔다
필사적으로 몸부림치는 것을 가만히 바라보았다

무섭게 파닥거렸다
바다가 그리 먼 곳이다

아무리 파닥거려도 갈 수 없는 곳
필사적으로도 갈 수 없는 곳

나는 절실하지 않았기에
아직도 여기에 있다

꽃게의 바다도 멀고
나의 바다도 멀다

바다는 그리 먼 곳이다

—「나의 바다」 전문

나는 먹고살 방편이 없어 그곳을 떠나왔지만 박경희 시인
은 떠나온 곳이 없으니 잡혀 온 꽃게처럼 뒤돌아보며 파닥
거리지 않았으면 좋겠다. 사라져간 것들, 사라지려는 것들
을 끔찍이 아끼고 채집하는 일을 그치지 않았으면 좋겠다.
물론 그러리라 믿는다. "절실하지 않았기에" 떠나지 못하고
"아직도 여기에 있다"고 겸손하게 말하고 있지만 절실해서
끝까지 살아보겠다는 작심을 이미 저 바다에 다 고해했으니
말이다.

文東萬 | 시인

써레질 끝난 논을 보면 환하고, 모심은 논을 보면 푸르고, 무릎까지 오른 벼를 보면 시원하고, 누런 들판을 보면 배부르고, 눈 쌓인 논을 보면 눈부시다. 그 눈부심 속에 함께 있는 분들과 눈부심으로 스러진 모든 분에게 두 손 모은다. 그리고 이주원 님과 이진혁 님께 감사드린다.

2024년 명천에서
박경희

창비시선 506

미나리아재비

초판 1쇄 발행 / 2024년 7월 10일

지은이 / 박경희
펴낸이 / 염종선
책임편집 / 이주원 박문수
조판 / 박지현
펴낸곳 / (주)창비
등록 / 1986년 8월 5일 제85호
주소 / 10881 경기도 파주시 회동길 184
전화 / 031-955-3333
팩시밀리 / 영업 031-955-3399 편집 031-955-3400
홈페이지 / www.changbi.com
전자우편 / lit@changbi.com

ⓒ 박경희 2024
ISBN 978-89-364-2506-7 03810